S.E. Scheidl:

Wie ich 10 kg verlor und wie ich alle 2 Wochen EUR 100,00
sparte

–

Wahre Geschichte einer arbeitenden Mutti

DELECTARE – PURE TEXT SERIES –ONE RIDE-STORY
Band 1

S.E. Scheidl

Wie ich 10 kg verlor und wie ich alle 2 Wochen EUR 100,00 sparte

–

Wahre Geschichte einer arbeitenden Mutti

DELECTARE – PURE TEXT SERIES –ONE
RIDE-STORY

Band 1

Bibliografische Information der Deutschen
Nationalbibliothek:
Die Deutsche Nationalbibliothek verzeichnet diese
Publikation in der Deutschen Nationalbibliografie;
detaillierte bibliografische Daten sind im Internet über
http://dnb.dnb.de abrufbar.

Lektorat: S.E. Scheidl

Herstellung und Verlag: BoD – Books on Demand,
Norderstedt

ISBN: 978-3-7504-9875-4

INHALTSVERZEICHNIS

II

GENIEßE DEINE KURZE REISE

EIN SCHMUNZELN MÖGE DICH BEGLEITEN

IV

DELECTARE – PURE TEXT SERIES –ONE RIDE-STORY

Wie ich 10 kg verlor und wie ich alle 2 Wochen EUR 100,00 sparte

–

Wahre Geschichte einer arbeitenden Mutti

ERSTE ANLÄUFE

Nun gut, wie beginne ich am besten mit meiner faszinierenden Geschichte?

Du kennst das Gefühl, das unstillbare Verlangen nach Ruhe, Frieden, Zeit und einem Riegel feinster Schokolade. All dies trifft dich auf ganz natürliche Weise, wenn du Kinder hast. Je jünger das Kind, umso mehr Schokolade wirst du benötigen...verdienen...um alle Probleme, welche deinen Geist und deine Seele beschäftigen, zu überwinden: das Leben an sich, Krankheiten und Unpässlichkeiten der Kinder, Geburtstagspartys, Schulanfang, Kindergartenprobleme …anstrengende und ermüdende durchwachte Nächte und Tage.

In seltenen Ausnahmefällen mag es vielleicht vorkommen, dass du deine Schokolade teilst, in wirklichen Ausnahmesituationen, was Freude und Glückseligkeit mit sich bringt, z.B. mit einer Geburtstagstorte, der erste Geburtstag…hm, bis der 18. Geburtstag kommt…

Die Zeit vergeht, das Leben entschwindet, Schokoladeriegel verschwinden, lassen Dich zurück mit ein paar Kilo mehr auf den Hüften. Puuh, die Waage muss falsch gehen. Doch weder geht die Waage falsch noch verzaubern Dich ihre Zeiger mit Zahlen, welche Du gerne sehen möchtest.

Was soll's!

Du erkennst, Zeit, Schokolade und Kilos häufen sich unaufhörlich an.
Die Kinder, ein Bub, ein Mädchen, beide ziehst Du liebevoll und liebend auf, nebenbei gehst Du Vollzeit arbeiten, Du wirst zu einer sehr weichen Mami, einer runderen. Den Kindern macht es nichts aus, sie umarmen und umschlingen Dich mit noch mehr Liebe, je runder und flauschiger Du wirst. Mit knochigen Muttis ein Bett zu teilen ist nicht so bequem und angenehm, wenn etwas schmerzt, wenn ein Monster sich gerade hinten im

dunklen Schlafzimmer versteckt, darauf lauernd Dich zu erschrecken...
Aber dennoch...

Aber dennoch...

Aber dennoch...

Trotz allem bist Du auch eine Frau, Du warst doch gerade noch ein Mädchen, denkst Du, während Du versuchst, einen flüchtigen Eindruck Deiner nur vorübergehend verschwundenen Figur im hellen und fröhlichen Spiegel zu erhaschen, welcher Dir jedoch ein runderes Abbild Deines früheren Selbst zeigt..

Nun denn, die Zeit und Energie, welche Du aufwendest oder aufgewandt hast für die Erziehung Deiner Kinder, Dein Platz in der Arbeitswelt, all das zehrt an Deiner Jugend und Deiner Figur, sogar an Deinem Geisteszustand.

So, in bestimmten Zeitabständen, sagen wir alle 10 Jahre, stellst Du fest, dass Du etwas für DICH SELBST tun musst. Leicht gesagt, kaum umsetzbar. Nun, was denn: Figur? Selbstverwirklichung? Du entscheidest Dich dafür, das Figurproblem anzugehen. Das mag vielleicht das einfachere sein, Du wirst Dir Deinen Kopf nicht allzu sehr zerbrechen müssen verglichen mit dem anderen Thema, nicht wahr?

So entschied ich mich auch! Als meine Kinder, ein Mädchen und ein Junge, 6 und 8 Jahre alt waren, investierte ich ziemlich viel Geld in den Erwerb sehr teurer Pillen, welche man in der Apotheke kaufen konnte. Manche wirkten, manche nicht. Ich begann weniger zu essen, besonders an den Nachmittagen und an den Abenden..

Aber das ist auch jene Zeit, wenn Du zu Deiner Familie nach Hause kommst. Alle sind sie hungrig. Auch Du bist hungrig. Aber Du hast Dich entschlossen, nur wenig zu essen oder das Abendessen ausfallen zu lassen. Deine Kinder, Deine Familie möchten selbstverständlich kein Abendessen ausfallen lassen, natürlich sind sie alle hungrig. Sie sind im Wachsen, sie benötigen gesundes Essen.

So, das wirft Dich offensichtlich in einen tiefen Konflikt mit Dir selbst, Deine Wünsche und Dein Verlangen nicht zu essen, aber Du musst kochen, den guten Geruch von Fisch, Fleisch, Gemüse, Früchten, was auch immer, musst Du ertragen… Zusätzlich befürchtest Du ein schlechtes oder ungesundes Rollenmodell für Deine Familie zu sein. Das bringt Dich dazu, Dich sehr unwohl am Familientisch zu fühlen, in der Küche, mit Deinen Kindern.

Daher beginnst Du ein wenig zu essen, beginnst Du Deine ursprünglichen Pläne aus den Augen zu verlieren, die Anzeige der Waage wird so aber nicht heruntergehen. Nun ja, niemanden kümmert's, nur Dich.

Nun denn, dann die nächsten 10 Jahre später, versuchst Du es wieder. Du magst erfolgreich sein oder nicht. Es hängt teilweise von Dir ab. Gewicht zu verlieren kann mitunter auch sehr teuer werden.

Ich habe auch versucht, etwas an Gewicht zu verlieren, um wie ein Model auszusehen und wieder mädchenhaft wie früher. Ja, Leute, ich kann es Euch sagen, es ist verteufelt harte Arbeit, das zu tun. Ich habe versucht, konsequent zu sein, mit einem kleinwinzigen Frühstück in der Früh das Auslangen zu finden, ein normal portioniertes Mittagsessen zu mir zu nehmen, und alles mit einem Apfel und viel Wasser um 16 Uhr abzuschließen und danach wirklich alles Genießbare zu vermeiden.

Dennoch…

Deine Kinder sind hungrig…

…und warten zu Hause auf Dich, bereit fürs Abendessen…

Was zum Teufel kann ich nur tun? Ehrlich gesagt, war ich nach einer bestimmten Zeit gar nicht mehr hungrig an den Nachmittagen, aber ich konnte auch nicht mehr aufhören, Gewicht zu verlieren. Ich mag kein knochiges Gestell und ausgezehrtes Gesicht haben, daher hörte ich damit auf, jene teuren Tabletten aus der Apotheke zu mir zu nehmen,wobei ich aber den Nachmittagsapfel als Abendessen in meine täglicher Routine beibehielt.

Wie ich schon gesagt habe, die Zeit läuft dahin, Schokolade liegt verlockend mitten in Reichweite Deines Arbeitsplatzes, dorthin platziert von einer wohlmeinenden Arbeitskolleg*innen-Seele, um die Nachmittagsarbeit, das Nachmittagstief zu inspirieren. Das nervt!!!

Natürlich, ich habe versucht, mich zurückzuhalten, den Weg zu vermeiden, welcher nahe am Süßigkeitentischchen vorbeiführt, aber wenn die Arbeitsstunden verrinnen und es später und später wird, bin ich umso verletzlicher geworden. Was damit geendet hat, dass ich mich einige Süßigkeiten hinunterschlingend…am Süßigkeitentischchen im Großraumbüro wiedergefunden habe…

Na, und? Das Leben ist kurz, aber man muss ja nicht unbedingt in der Süßigkeitenfalle landen.

Es ist also alles nicht so einfach.

DER ZUFÄLLIGE WEG

Einige Jahre später versuchte ich es nochmals.

Es begann gewissermaßen mit einem Zufall. Ich war mit meiner eigenen Mutter unterwegs, wir nahmen ein spätes Mittagessen in einer einfachen Pizzeria zu uns. Das Restaurant hatte ein Muttertagsmenü im Programm, weil am nächsten Tag Muttertag war.

Das ganze Menü bestand aus seiner Frittatensuppe, die Hauptspeise war Wiener Schnitzel mit Pommes Frites mit Salat, die Nachspeise war Palatschinken gefüllt mit Marmelade. Danach war mir sooo schlecht.

Irgendetwas dieses ganzen üppigen Menüs tat mir überhaupt nicht gut. Es war zu viel, zu fett, was auch immer. Mein armer kleiner Magen schmerzte und ich konnte die nächsten Tage kaum etwas essen. Ich musste auch meinen geliebten Kaffee opfern, mehrere Tassen. Wie schrecklich!

Nun gut, Ich erinnerte mich an einen guten Ratschlag vergangener Tage meiner eigenen Mutter, etwas sehr Magenfreundliches zu essen, etwas Leichtes, um meinen armen schmerzenden Magen zu besänftigen.

Daher ging ich zum Supermarkt, zu unserem Diskonter, um nach speziellen Produkten zu suchen und zu finden… Was ich wieder ausprobieren wollte, waren Haferflocken oder gemahlene Haferflocken gekocht mit Wasser und ein bisschen Milch.

Glücklicherweise bin ich nicht gegen Kuhmilch allergisch, trotzdem verwendete ich nur ein klein wenig davon, nur einen Spritzer, für meinen Kaffee. Wenn ich darauf allergisch wäre, würde ich darauf klarerweise verzichtet haben. Nun gut, ich bin es aber nicht, so entschied ich mich, eine kleine Menge Haferflocken zu kochen. Sagen wir so in etwa 7 Suppenlöffel voll mit Wasser und einen größeren Schuss Milch.

Haferflocken sollten mir helfen, meinen gepeinigten Magen wieder in Ordnung zu bringen.

Ich versuchte, eine Routine für mich einzurichten. Es ist wesentlich einfacher, Routinen an meinem Arbeitsplatz einzurichten. Zu Hause ist es wesentlich schwieriger, die hungrige Familie, meine Kinder, welche mich umringen…

Daher entschied ich mich, mein Mittagsessen zu ersetzen, was auch immer ich mittags in der Arbeit gegessen hatte, und zwar durch einen Teller Haferflocken. Nun gut, was ich üblicherweise außerhalb für mein Mittagessen kaufte, war nicht wirklich gesund denke ich: etwas vom Chinesen mit Reis von der Nudelbox, ein Kebup, eine

Schnitzelsemmel, eine Pizzaschnitte, Sandwiches…
Das war tatsächlich eine Zensur in meiner Mittagspause in
der Arbeit!

Meine KollegInnen fragten mich misstrauisch, was ich
denn da überhaupt für einen Brei essen würde? Pfui
Teufel, ohne Zucker?

Mein Chef, besser gesagt einer meiner beiden Chefs, traf
mich in unserer kleinen Personalküche, wo er im
Kühlschrank herumkramte, nach seiner Buttermilch
suchend. Er wagte es doch tatsächlich mich zu fragen, was
das sein wäre, was ich da esse und wie lange… Tapfer
erzählte ich ihm, dass ich selbst eines meiner kleinen
Projekte geworden bin, jede größere Aufgabe nenne ich
ein Projekt bis es abgeschlossen ist, und ich setze meine
Projekte immer erfolgreich um, das sage ich Euch!

Daher berichtete ich ihm, dass ich wegen und zum Vorteil
meines verdorbenen Magens mit Haferflocken begonnen
hatte. Dass ich diese Routine auftrecht erhalten würde, um
10 kg nach und nach zu verlieren. Er war in der Tat sehr
erstaunt, zog seine Augenbrauen hoch und nickte
wohlwollend. Ich erzählte ihm, dass nur 10 kg abnehmen
wollte und mir dann ansehen würde, wie ich aussehe, weil
ich schlussendlich nicht zu knochig sein wollte.

Mein Chef war regelrecht beeindruckt.

Nun, das war der Weg, wie ich begann. Die Abendessen nahm ich weiterhin im Kreis meiner Familie, meiner Kinder ein. Nur die Mittagessen ließ ich aus.

GUT DING BRAUCHT WEILE

Die Zeit verging, eine Woche, zwei Wochen, drei Wochen, vier Wochen, skeptische Blicke meiner KollegInnen auf das Zubereiten meiner Haferflocken in unserer Personalküche um die Mittagszeit. Magst Du das wirklich? Weshalb isst Du das, aus welchem Grund?

Nun, also dann begann es: langsam. Nach ca. einem Monat bemerkten meine Kolleg*innen und ich, dass ich irgendwie dünner wirkte. Ich war froh. Ich war dadurch motiviert und behielt meine Mittagsroutine bei.

Vier Wochen, fünf Wochen, sechs Wochen dann, nichts änderte sich in meinem Leben, ich wechselte nur mein Mittagsessen und behielt die Haferflockenroutine bei.

Ich erhielt immer mehr Komplimente, sogar, wenn ich nicht allen mitteilte, worauf ich aus war. So, nur durch das Beibehalten meiner Haferflockenroutine gelang es mir, eine komplette Kleidergröße zu reduzieren!

Warte, ich versuchte auch mein Schleckermäulchen im Zaum zu halten und nicht zu viel am Nachmittag oder zum Abendessen zu mir zu nehmen, dennoch aß ich mit meiner Familie, meinen Kindern, gemeinsam zu Abend.

Nun ja, das war ungefähr nach 5 Monaten. Ich begann mein Mittagessen zu lieben, weil ich nicht nur Kalorien mit meinem bescheidenen Mahl sparte, sondern weil ich auch Geld sparte. Einige Löffel voll Haferflocken, ein Schluckerl Milch, gratis Leitungswasser, ein paar Cent reichen da schon aus. So, ein paar Euro am Tag, mehr Euro pro Woche, pro Monat...für...nicht für Süßigkeiten...aber für nette Dinge, ein T-Shirt, eine Lampe, ein Teppich, ein neuer Sessel, was auch immer.

So, anstelle einer Ausgabe von z.B. EUR 9,00 für ein Mittagessen, etwas vom Chinesen, irgendein feines Burgermenu, irgendetwas Pizza-ähnliches…, kaufst Du Dir ein halbes Kilo Haferflocken oder sagen wir für rund EUR 0,90 und einen Liter Milch (wenn Du nicht allergisch darauf bist) für rund EUR 1,00. Das reicht dann für ca. 2 Wochen.

So, wenn Du nur Deine Haferflocken an Deinem Arbeitsplatz während der Woche isst, sind das 10 Mahlzeiten in 3 Wochen.

Das bedeutet, lass uns nun einen knapp kalkulierten Preis ansetzen, Deine Haferflockenmahlzeit kostet cirka 18 Cent. Was für ein großartiges Geschäft! Du verlierst Gewicht

UND Du sparst Geld Alleine ein ordinäres Arbeitsessen während der Woche einzusparen, kompensiert mehr als den Preis für mein Büchleien! Was für ein großartiges Geschäft! Du zahlst weniger als den Preis für ein unterhaltsames und authentisches Büchlein!

Wie auch immer, wenn Du eine Diät ausprobieren möchtest oder dieselben Sachen essen möchtest, welche ich zu mir genommen habe, musst Du einen Arzt im Vorhinein konsultieren. Das ist sehr wichtig! Und das ist nichts für Kinder oder Jugendliche, welche gerade im Wachsen sind und normales Essen benötigen, um gesund aufzuwachsen.

So, das ist allein mein Weg, wie ich es geschafft habe. Es könnte Dir auch nur Spass machen, es zu lesen oder es Dir einfach vorzustellen.

AUSBLICK

So wie es ausschaut habe ich mein Gewicht stabilisiert, vermag es zu halten, eine ganze Kleidergröße weniger… Im Winter werde ich vielleicht mein Programm ein wenig taffer, das heißt weiterhin mein Mittagessen in der Arbeit mit Haferflocken zu ersetzen und strikt zu sein, wenn mir Süßigkeiten, Schokolade angeboten werden. Dann werde ich vielleicht wieder weitere 10 kg verlieren...

Meine Lieben, bitte schreckt Euch nicht, ich werde dann nicht zu dünn sein, aber eine fesche Figur haben, ich ende dann mit 75 kg bei einer Größe von 1,78.

Ich werde es Euch dann wissen lassen.

NEBENERSCHEINUNGEN

Es ist großarting, es gibt noch einige andere positive Auswirkungen, begann ich zu realisieren, als ich konsequent weiter Haferflocken aß. Ja, und das zusätzlich zur Bewunderung meines Chefs und meiner Kolleg*innen!

Ich realisierte, dass ich nach dem Mittagessen stets sehr müde am Nachmittag wurde, dass ich mich nicht mehr besonders auf meine Arbeit konzentrieren konnte. Das begann sich dann zu ändern. Ich war nicht mehr müde, ich war frisch wie am Morgen und hatte meine Kaffeetasse, aber nur mehr des Geschmackes wegen.

Ich gewöhnte mich auch an meine Haferflocken und als ich sie wegen eines Geburtstagsmittagessen einmal ausließ – das sind nur ein paar Mal pro Jahr – tat es mir leid.

Ich denke, ich liebe meine Haferflocken. Ich habe schlussendlich herausgefunden, wie ich einen Weg, weniger zu essen auf gesunde Art und Weise in mein Leben integrieren kann. Das stört auch nicht mein Familienleben, mein Familienabendessen oder meine Mittagessen und Abendessen am Wochenende.

Vielleicht findest Du einen anderen Weg für Dich selbst! Ich denke, das Allerwichtigste ist, dass Du konsequent bist und etwas in Deinen Essgewohnheiten änderst, nicht nur für eine kurze Zeit, sondern für eine längere Periode, sogar für immer.

Wie auch immer, ich hoffe, es war reizvoll für Dich darüber zu lesen und Du verlässt die nächste Station in guter Stimmung! Trotzdem, vergiss nicht, Deinen Arzt zu konsultieren, wenn Du Dich mit dem Gedanken trägst, Deine Essgewohnheiten ändern zu wollen oder eine Diät zu beginnen.

Ich wünsche Dir noch eine gute Reise – eine Fahrt nach Hause, eine Fahrt zur Arbeit, eine Fahrt durch Dein Leben!

Gesundheit für Dich und mich!